MEGALEX

2: DER MISSGESTALTETE ENGEL

Text: Alexandro Jodorowsky
Zeichnungen: Fred Beltran

CARLSEN COMICS

Frédéric Beltran wurde 1963 in Levallois-Perret, Frankreich geboren. Während seiner Schulzeit zeichnete er und spielte Gitarre, fiel aber durch seine Abiturprüfung. Von 1983 bis 1985 studierte er an der Ecole Supérieure des Art Graphiques. Seinen ersten richtigen Comic, der jedoch nicht veröffentlicht wurde, verfasste er 1985 zusammen mit einem Lehrer der Akademie. Seine künstlerischen Vorbilder sind seitdem Moebius und Jodorowsky. »Le ventre de Minotaure«, sein erstes veröffentlichtes Album, entstand aus acht Seiten, die er für das Magazin »Métal Hurlant« gezeichnet hatte, und erschien 1990 bei Les Humanoïdes Associés. 1994 vertrieb der Macintosh innerhalb kürzester Zeit seine traditionellen Zeichenutensilien; Beltran zeichnet seitdem nur noch am Computer. Neben diversen Titelbildern für die französische »Frivol«-Reihe entstand für das japanische Verlagshaus Kodansha die Figur »Nina«, eine vollbusige Barfrau. Ende 1997 begegnete er Alexandro Jodorowsky. Für die Sciencefiction-Serie »Die Techno-Väter« von Jodorowsky und Janjetov kolorierte er den ersten Band und gestaltete das Cover. Seine erste eigene Serie ist »Megalex«.

Alexandro Jodorowsky wurde 1929 als Sohn russischer Emigranten in Iquique (Chile) geboren. Auf eine unruhige Jugend folgte ein unstetes Leben. Er entdeckte die Literatur und schließlich den Film und gilt heute als Filmschaffender von internationalem Rang (»El Topo«, »La Montagne Sacrée«, »Tusk«). 1969 schrieb Jodorowsky in Mexiko mit »Anibal 5« sein erstes Szenario für einen Comic. 1975 traf er Moebius, mit dem er an einer Filmadaption des Romans »Dune« arbeitete. Für Jean Giraud alias Moebius schuf er mit »John Difool« auf Anhieb ein Meisterwerk der Sciencefiction und Fantasy-Comic-Literatur. 1982 entwarf Jodorowsky für den Zeichner Arno das Szenario zu »Alef-Thau«. Weitere Comic-Szenarien für verschiedene Zeichner folgten, darunter »Der weiße Lama« (mit Bess), »Die Meta-Barone« (mit Gimenez), »Lust und Glaube« (mit Moebius), »Mondgesicht« (mit Boucq), »Die Saga von Alandor« (mit Cadelo) sowie »Die Techno-Väter« (mit Janjetov u. Beltran). Mit »Wo ein Vogel am schönsten singt« (dt. Insel Verlag 1996) betätigte er sich zudem als Buchautor. 1996 gewann Jodorowsky auf dem Comic-Salon in Angoulême den begehrten Alph'art für das beste Szenario für seine neue Comic-Serie »Juan Solo«. 1999 widmete man ihm dort eine Retrospektive über sein jahrelanges Schaffen als Filmemacher und Szenarist, als Romancier und Poet mystischer Dichtung.

CARLSEN COMICS
1 2 3 4 05 04 03 02

Aus dem Französischen von Marcel Le Comte
L'ANGE BOSSU

Redaktion: Antje Gürtler
Textbearbeitung: Steffen Haubner
Lettering: Michael Möller
Herstellung: Inga Bünning
Druck und buchbinderische Verarbeitung:
Norma Serveis Grafics (Barcelona, Spanien)

ISBN 3-551-74452-1
Printed in Spain

www.carlsencomics.de
www.carlsen-fantasy.de

#6 : Der geheime Weg

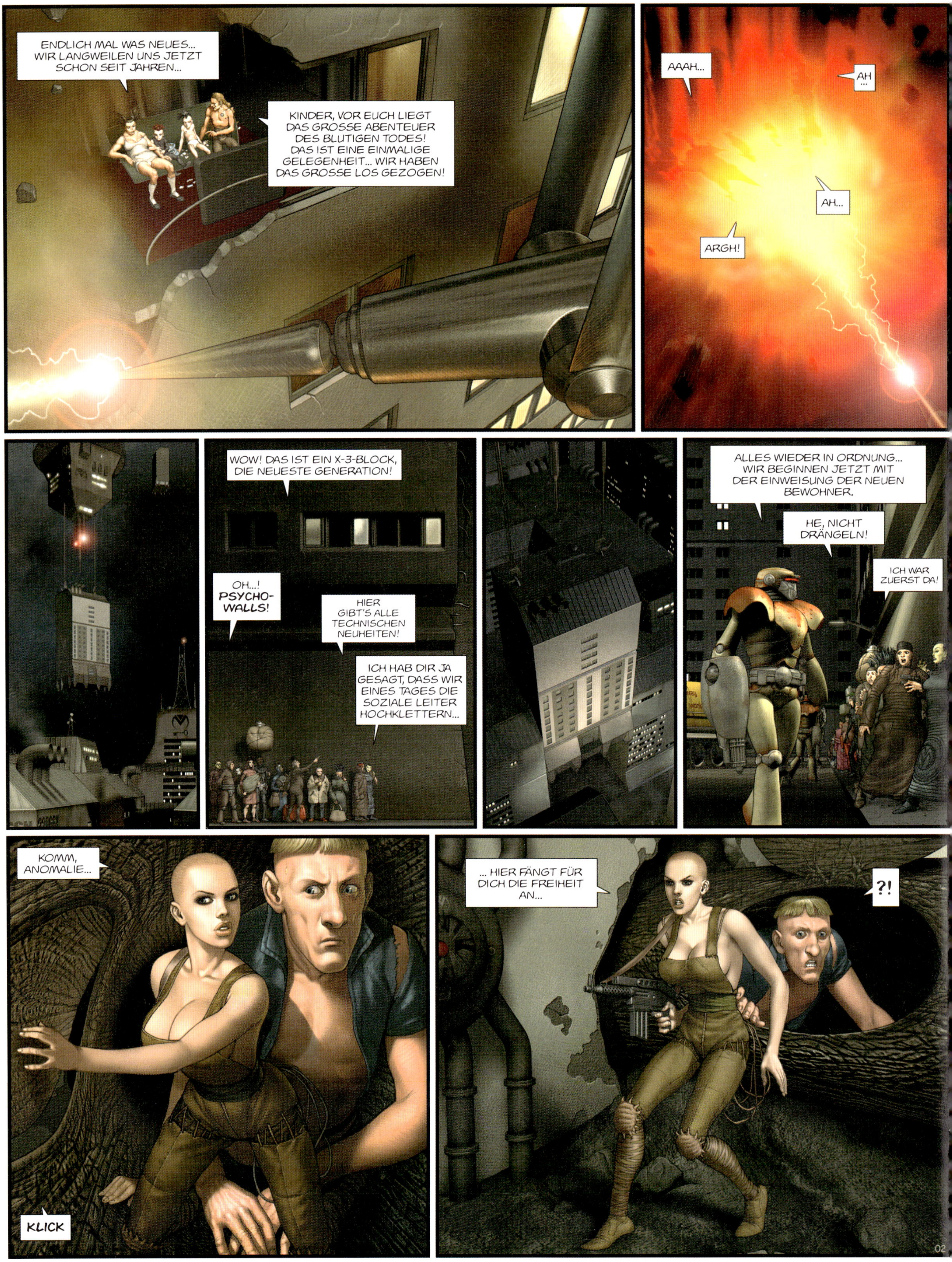
ENDLICH MAL WAS NEUES... WIR LANGWEILEN UNS JETZT SCHON SEIT JAHREN...
KINDER, VOR EUCH LIEGT DAS GROSSE ABENTEUER DES BLUTIGEN TODES! DAS IST EINE EINMALIGE GELEGENHEIT... WIR HABEN DAS GROSSE LOS GEZOGEN!
AAAH...
AH ...
AH...
ARGH!
WOW! DAS IST EIN X-3-BLOCK, DIE NEUESTE GENERATION!
OH...! PSYCHO-WALLS!
HIER GIBT'S ALLE TECHNISCHEN NEUHEITEN!
ICH HAB DIR JA GESAGT, DASS WIR EINES TAGES DIE SOZIALE LEITER HOCHKLETTERN...
ALLES WIEDER IN ORDNUNG... WIR BEGINNEN JETZT MIT DER EINWEISUNG DER NEUEN BEWOHNER.
HE, NICHT DRÄNGELN!
ICH WAR ZUERST DA!
KOMM, ANOMALIE...
KLICK
... HIER FÄNGT FÜR DICH DIE FREIHEIT AN...
?!

MEIN NAME IST ADAMA!
... MEINER IST AUF KEINEN FALL »ANOMALIE«! KANNST DU MIR EINEN ANDEREN GEBEN?
UNMÖGLICH! DAS IST GEGEN DIE TRADITION! ZERAIN GIBT DIR DEN NAMEN, DEN DU VERDIENST!
ZERAIN? WER IST DAS?
SEI STILL UND FOLGE MIR... WIR SIND NOCH IMMER IN GEFAHR.
WARUM HAST DU MICH GERETTET?
VORWÄRTS, TROTTEL, ODER ICH PUSTE DEIN GEHIRN WEG!
!
WO SIND WIR...?
DAS SIND DIE RUINEN DER ALTEN U-BAHN, DIE VOR DEM ANTI-G IN BETRIEB WAR...
?
ANOMALIE! VORSICHT!!
03

...
HÜTE DICH VOR DEN VIPERN, DIE SIND HIER ÜBERALL!
GLEICH HABEN WIR DAS GEHEIME TOR ERREICHT...
?
QUEEN MAREA WAY
SCHEISSE! EINE CHOKED-PATROUILLE... SCHNELL! HILF MIR AUF DEN MAUERVOR-SPRUNG!
KOMM!
04

CHEF, HIER IST EIN ECHO... BESTIMMT EIN GANG...
MAL SEHEN...
... NUR EINE NATÜRLICHE HÖHLE!
DU SUCHST DORT WEITER! WIR KÜMMERN UNS UM DIE NÄCHSTE SEKTION!
PERFEKT! JETZT IST ES NUR NOCH EINER...
WARUM ATMEST DU SO SCHWER? HAST DU ANGST?
ANGST NICHT, ES IST... MERKWÜRDIG... DEIN KÖRPER, SO NAH AN MEINEM... ICH BIN NOCH NICHT LANGE AUF DER WELT... ICH WEISS NOCH NICHT VIEL, ABER... DEINE HAUT... DEIN GERUCH...
SEI STILL! DAS IST ABSOLUT NICHT DER MOMENT, UM ROLLIG ZU WERDEN!
05

DIESMAL BIN ICH SICHER... ES KLINGT HOHL... UND ES GEHT IN DIE TIEFE! DORT MUSS DAS GEHEIME TOR SEIN...
HEILIGER AIN! ER HAT ES GEFUNDEN...! WIR MÜSSEN IHN ELIMINIEREN!
ABER WIE? ER IST KOMPLETT GEPANZERT UND...
BEWEG DICH NICHT... ICH WEISS, WIE...!
HE, LANGUSTE! DREH DEIN KÖPFCHEN MAL HIERHER!
SIEHST DU DAS? ICH HAB EIN KLEINES PRÄSENT FÜR DICH... EIN BLASROHR UND EIN PAAR NADELN...
IM NAMEN MAREAS, SIE SIND VERHAFTET... KEINE BEWEGUNG, ODER ICH DESINTEGRIERE SIE!
QUEEN MAREA WAY
FFFTT!
06

?
!
G...
KRR
BSS
...
ZISCH
GURGEL
DER ALARM! DIE ANDEREN WERDEN JEDE MINUTE HIER SEIN... LOS!
WIR KÖN-NEN IHN NICHT HIER LASSEN...
KLICK
??
HIERHER, KERUB!
!

HEPP, ANOMALIE! **AUFSITZEN!**
...
HALT DICH AN MIR FEST!
... NICHT DA, IDIOT!
GALOPP, **KERUB!**
KR...

#7 : Das Targoum Daleth

ES SIEHT GANZ SO AUS, ALS HABE ER AUCH DIE KONTROLLKRALLE ERFUNDEN, ALLERDINGS UM LEBEN ZU VERLÄNGERN, NICHT, UM ES ZU VERKÜRZEN. UND DASS ER FÜR SICH SELBST EIN LANGES LEBEN VORSAH... VIELLEICHT SOGAR 4000 JAHRE.
ER SOLL IM ZENTRUM DES LABYRINTHS LEBEN... VIELE WOLLEN IHN GESEHEN HABEN...
ILLUSIONEN? LÜGEN? ZERAIN SUCHT IHN SCHON EWIG... ER GLAUBT, DASS CABOT-CHADDAY SEIN ERZEUGER IST...
WIR SIND DA, ADAMA...
GUT, BLEIB STEHEN, KERUB...
ER SPRICHT?!
ER IST EIN HIPPODRIL, EIN DIENER VON GROSSER INTELLIGENZ...
ER WEISS, DASS DEINE HÄNDE GEFESSELT UND DEINE BEINE AN SEINEN BAUCH GEBUNDEN WERDEN MÜSSEN, BEVOR WIR UNSER TARGOUM BETRETEN.
ACH?
ERST RISKIERST DU DEIN LEBEN, UM MICH ZU RETTEN, UND JETZT BEHANDELST DU MICH WIE EINEN FEIND, ALS FÜRCHTETEST DU DICH VOR MIR...
WIR VERWEIGERER BEFOLGEN ANDERE GESETZE... IN DEINEM GEDÄCHTNIS IST EINE LISTE VON VERBOTEN EINGEBRANNT, DIE DU NICHT UNBEACHTET LASSEN KANNST.
WENN DU UNS BEGEGNEST, WIRST DU VERSUCHEN, UNS ZU DESINTEGRIEREN. DESHALB MÜSSEN WIR DICH FESSELN, BIS WIR DEINE SCHALTKREISE MODIFIZIERT HABEN...
WENN DIR DEINE FREIHEIT LIEB IST, TUST DU GUT DARAN, DICH IN GEDULD ZU ÜBEN...
DAS WERDE ICH, ADAMA...
ICH GLAUBE, DIESE ANOMALIE HAT SICH IN DICH VERKNALLT, HERRIN...
!
WENN DU NOCH EINMAL DIESE PRÄHISTORISCHEN GEFÜHLE ERWÄHNST, STREICH ICH DIR DEIN CHAMPIGNONBREI-DESSERT...
DAS SIND NICHT-PROGRAMMIERTE GEFÜHLE, DAS SPÜRE ICH...
O NEIN... NICHT DAS!
SEI STILL, FLEISCHKLOPS!
VORWÄRTS, ES IST SCHON SPÄT!
SIEH ZU, DASS DU DEINE HORMONE IM ZAUM HÄLTST... KLEB MIR BLOSS NICHT AN DER BACKE ODER SABBERE MIR DEN HALS VOLL, DU PRIMITIVLING!
PARDON...
UNFASSBAR! GROSS WIE EIN BERG, ABER BENIMMT SICH WIE EIN KLEINKIND...
10

... ADAMA!
SEHT MAL... SIE HAT EINEN GEFANGENEN! EINEN RIESEN!
BRAVO! EIN CHOKED! GROSS-ARTIG!
BITTE! KEINEN APPLAUS! MEINE NATÜRLICHE BESCHEIDENHEIT ERLAUBT DAS NICHT!
BRAVO !
BRAVO !
DIE GRA-TULIEREN NICHT DIR, SONDERN...
... MIR!
PFF...
LASST UNS DURCH! ER IST EINE MIT NEGATIVEN IMPLANTATEN AUSGE-STATTETE ANOMALIE... SEHT EUCH VOR, ER REAGIERT SCHON...
TOD DEN ÜBER-GETRETENEN!
... VERRECKT, IHR DISSIDENTEN!
... SCHWEINE!
... WIDERLINGE!
... SOFORTIGE DESINTEGRATION!
... BESTRAFUNG! BESTRAFUNG!

MACHT SCHNELL DEN ROBOTER LOS, KINDER, ICH ZEIGE EUCH, WIE MAN SIE ZERSTÖRT...
MEIN DESINTEGRATOR! **EINE SCHANDE!**
BRING IHN HIERHER UND SETZ IHN AUF DEN FELSEN, DAMIT ER UNS SEHEN KANN...
EINE VERTEIDIGUNGSWAFFE IST WENIGER GEFÄHRLICH, KINDER...
ALT ZU WERDEN IST STRENG VERBOTEN! DAS LIMIT VON 40 JAHREN DARF NICHT ÜBERSCHRITTEN WERDEN! **SOFORTIGE DESINTEGRATION!**
SCHLEUDERT EURE NADELN IN DIE SECHSTE ÖFFNUNG... GENAU HIER... AN DIESEM PUNKT IST DIE GEDÄCHTNISKARTE ANGESCHLOSSEN, DIE DIE INSTRUKTIONEN DES PSYCHO-LEGALEN PROGRAMMS ENTHÄLT...
UNMÖGLICH! DAS ZIEL IST JA KAUM ZU SEHEN... ICH KANN NICHT MAL DIE STELLE ERKENNEN, WO MEINE NADELN STECKEN BLEIBEN MÜSSEN...
DENK AN DIE LEITSÄTZE: GEDULD, ADÄQUATE TECHNIK, UNENDLICHE HOFFNUNG... WIE VIEL ZEIT ES AUCH BRAUCHT... WICHTIG IST, DORTHIN ZU GELANGEN. ADAMA HAT ES AUCH GESCHAFFT!
SO IST ES, KINDER... EINE KLEINE, GUT PLATZIERTE NADEL KANN DAS MÄCHTIGSTE DIESER MONSTER PARALYSIEREN...
12

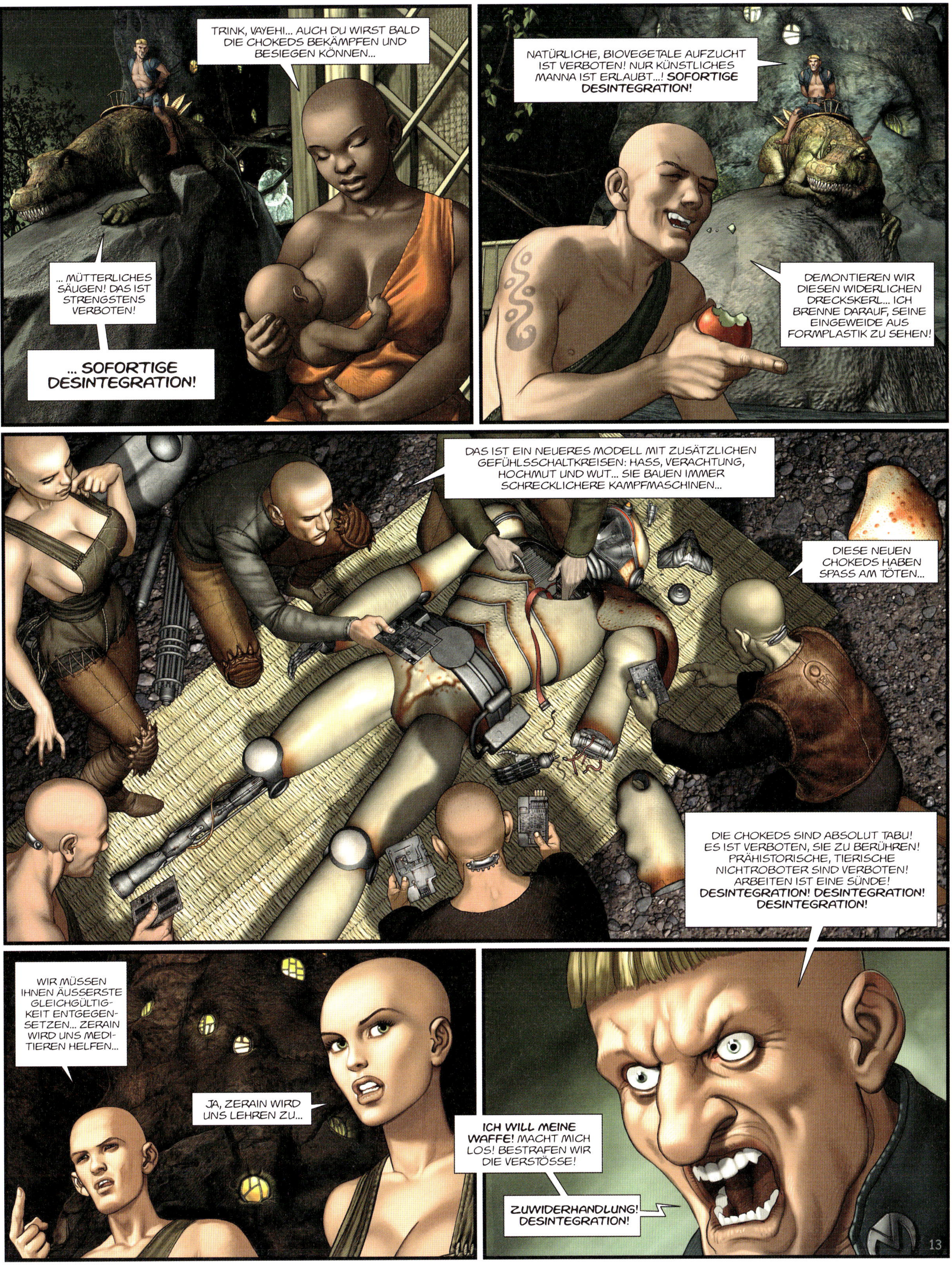
TRINK, VAYEHI... AUCH DU WIRST BALD DIE CHOKEDS BEKÄMPFEN UND BESIEGEN KÖNNEN...
... MÜTTERLICHES SÄUGEN! DAS IST STRENGSTENS VERBOTEN!
... SOFORTIGE DESINTEGRATION!
NATÜRLICHE, BIOVEGETALE AUFZUCHT IST VERBOTEN! NUR KÜNSTLICHES MANNA IST ERLAUBT...! SOFORTIGE DESINTEGRATION!
DEMONTIEREN WIR DIESEN WIDERLICHEN DRECKSKERL... ICH BRENNE DARAUF, SEINE EINGEWEIDE AUS FORMPLASTIK ZU SEHEN!
DAS IST EIN NEUERES MODELL MIT ZUSÄTZLICHEN GEFÜHLSSCHALTKREISEN: HASS, VERACHTUNG, HOCHMUT UND WUT... SIE BAUEN IMMER SCHRECKLICHERE KAMPFMASCHINEN...
DIESE NEUEN CHOKEDS HABEN SPASS AM TÖTEN...
DIE CHOKEDS SIND ABSOLUT TABU! ES IST VERBOTEN, SIE ZU BERÜHREN! PRÄHISTORISCHE, TIERISCHE NICHTROBOTER SIND VERBOTEN! ARBEITEN IST EINE SÜNDE! DESINTEGRATION! DESINTEGRATION! DESINTEGRATION!
WIR MÜSSEN IHNEN ÄUSSERSTE GLEICHGÜLTIGKEIT ENTGEGENSETZEN... ZERAIN WIRD UNS MEDITIEREN HELFEN...
JA, ZERAIN WIRD UNS LEHREN ZU...
ICH WILL MEINE WAFFE! MACHT MICH LOS! BESTRAFEN WIR DIE VERSTÖSSE!
ZUWIDERHANDLUNG! DESINTEGRATION!
13

HALT DIE KLAPPE, ODER ICH LANG DIR EINE MIT MEINEM SCHWANZ...! KRIEG DICH MAL ETWAS IN DEN GRIFF... WENN DU FREI SEIN WILLST, MUSST DU DEINE NEGATIVEN SCHALTKREISE BESIEGEN! DAS IST DEINE WAHRE NATUR!
ENTSCHULDIGE, KERUB! ICH KANN NICHTS DAFÜR... ES IST DIE REGIERUNG! ICH SELBST BIN ANDERS!
RAAAH! DESINTEGRATION! IHR KANAILLEN! NEIN! MEIN GEHIRN IST GEFANGEN! HELFT MIR! RAAAAAAH...
... AAAAAHHH...
MACHT IHN LOS UND LEGT IHN AUF DIE KRÄUTER.
MANN, IST DER SCHWER!
ARME ANOMALIE! BALD WIRST DU ALLES VERSTEHEN...
HÖRT MICH AN, VERWEIGERER...
IN DIESEM MOMENT LEGT ZERAIN, UNSER CHEF, LETZTE HAND AN EINEN HEILIGEN SABOTAGEAKT AUF DER SCHÄNDLICHEN OBERFLÄCHE... GEHEN WIR VON DER RINDENEBENE IN DIE THALAMISCHE EBENE HINUNTER UND SENDEN IHM UNSERE DALETH-GEHIRNWELLEN...
Z

#8 : Zerain

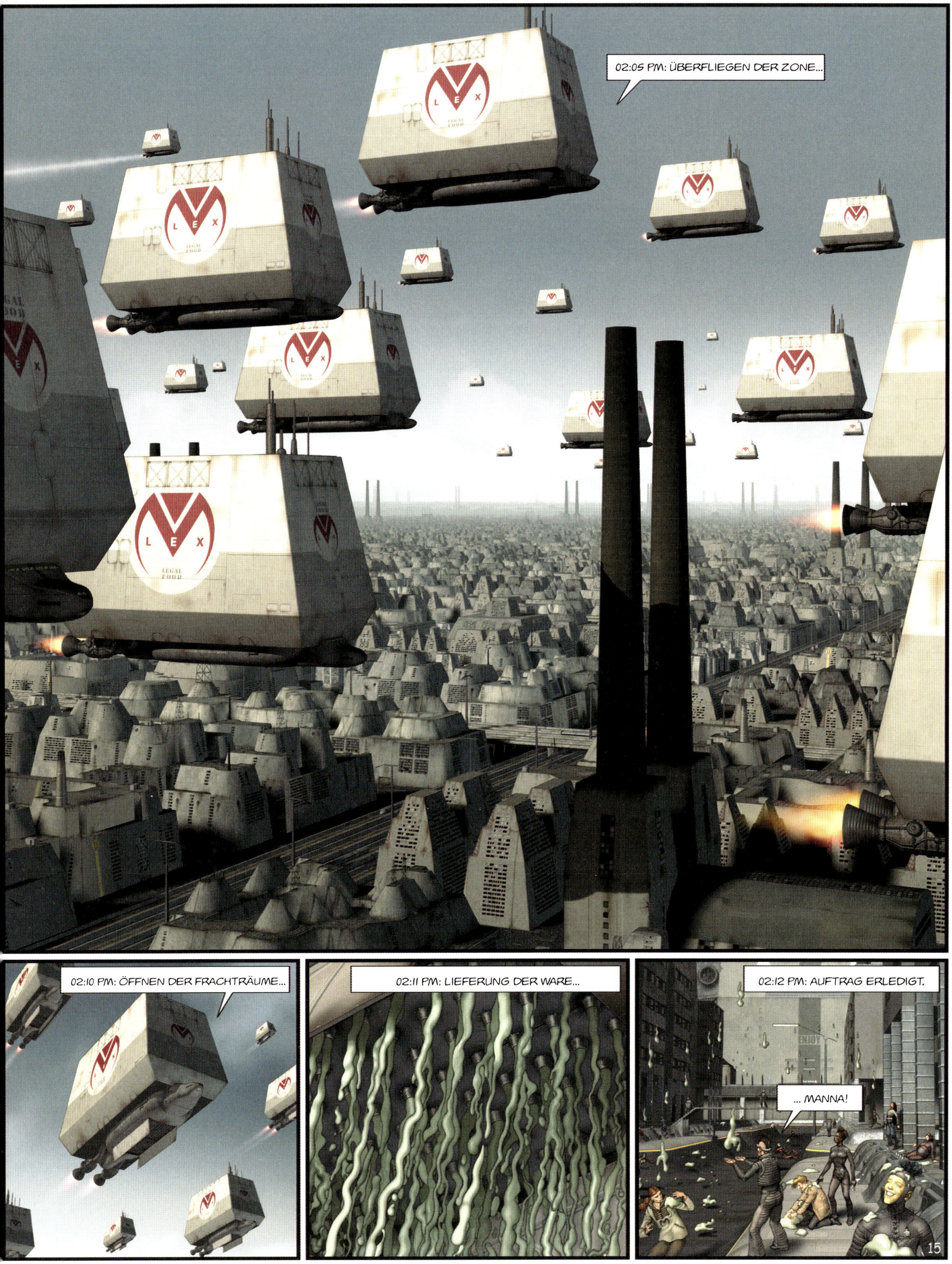
02:05 PM: ÜBERFLIEGEN DER ZONE...
02:10 PM: ÖFFNEN DER FRACHTRÄUME...
02:11 PM: LIEFERUNG DER WARE...
02:12 PM: AUFTRAG ERLEDIGT.
... MANNA!

ICH WERDE MEIN MANNA IN EINE HERRLICHE PORTION SPAGETTI MIT TOMATENSOSSE VERWANDELN.
ICH KONZENT-RIERE MICH AUF EINEN ALDEB-KRAKEN...
MEIN GESCHMACK IST BESCHEIDENER ... EIN STEAK MIT FRITTEN IST GENAU DAS RICHTIGE... LOS, MANNA, VER-WANDLE DICH... ICH HAB EINEN BÄRENHUNGER!
DIESMAL VER-GESSE ICH AUCH NICHT DEN TELLER...
DAS KLAPPT JA...
... PERFEKT!
ZERO GRAVITY LIMIT
16

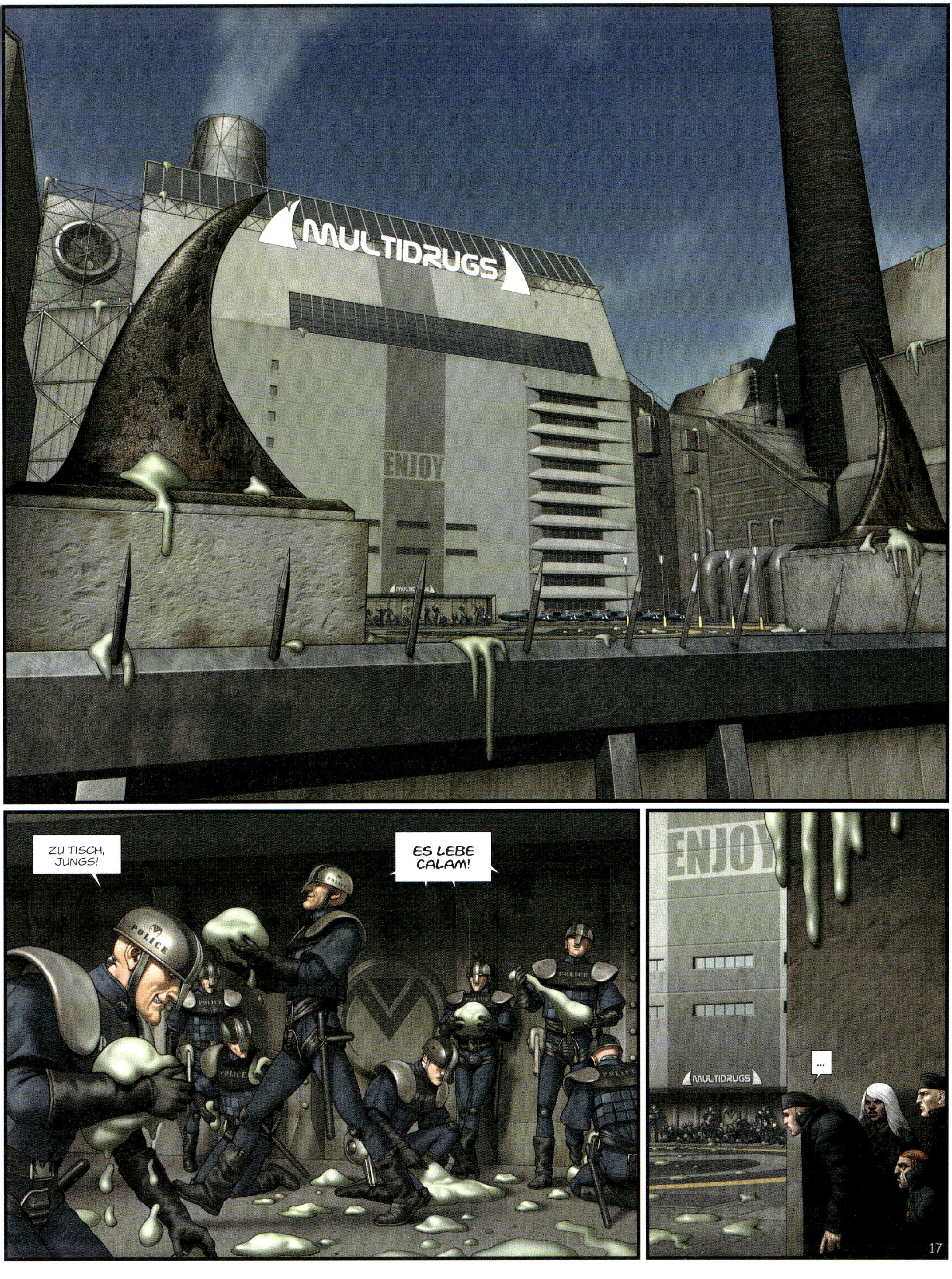
MULTIDRUGS
ENJOY
ZU TISCH,
JUNGS!
ES LEBE
CALAM!
ENJOY
MULTIDRUGS
...
17

SAMMLE NOCH ETWAS MANNA EIN, BARUKA... GENUG FÜR UNS VIER...
WENN SICH DIE TSOAS AUF IHR MANNA KONZENTRIEREN, UM ES IN WIDERWÄRTIGE LEBENSMITTEL ZU VERWANDELN, KÖNNEN WIR ANGREIFEN...
KEHREN DIE FINSTEREN TAUBEN AUF MEINEN BALKON ZURÜCK UND GRÜNDEN IN IHREN LAUBEN IHR KLEINES FAMILIENGLÜCK?
LIEGT DAS **TEFLO-DYNAMIT** BEREIT, KARAB?
MEHR ALS GENUG, PANAI! ES WIRD HOCHGEHEN WIE EIN CHOKED, DER ERLEUCHTUNG GEFUNDEN HAT!
DU WIRST EINEN SCHÖNEN TOD HABEN... DU WEISST, DASS WIR DICH GEWÄHLT HABEN, WEIL DICH SO ODER SO DEIN LUNGENKREBS DAHINRAFFEN WIRD...
SICHER! IM KAMPF ZU STERBEN IST IMMER EIN LOHNENDES ZIEL! AUF!
WIR WERDEN DICH NIE VERGESSEN, VERWEIGERER...
ICH HABE DIR EINE BALLADE GEWIDMET, KARAB...
LASS GUT SEIN, DIBBER-AMAR, ICH HÄNGE NICHT MEHR AM LEBEN! ICH LÖSE MICH LIEBER IN DER NAMENLOSEN ALLHEIT AUF... ICH HABE IMMER DAVON GETRÄUMT, IN TAUSEND LEUCHTENDE BEWUSSTSEINSFETZEN ZU ZERSPRINGEN... EINES TAGES WIRD CALAM, DIE SCHANDE VON MEGALEX, EBENFALLS EXPLODIEREN...
TUN WIR, ALS KONZENTRIERTEN WIR UNS AUF UNSER MANNA...
KÖSTLICH, DIESER ALDEBARAN-SCHWEINEFUSS!
WILL JEMAND MEINE MERVIVE-AUSTERN PROBIEREN?
NICHTS GEHT ÜBER EINE GUTE, EINFACHE BOCKWURST!
POLICE
POLICE
POLICE
MULTIDRUGS
18

JETZT!!
HUAAARGH!
SIEG!
KEINE GNADE!
... TEFLODYNAMIT! IN DECK...
19

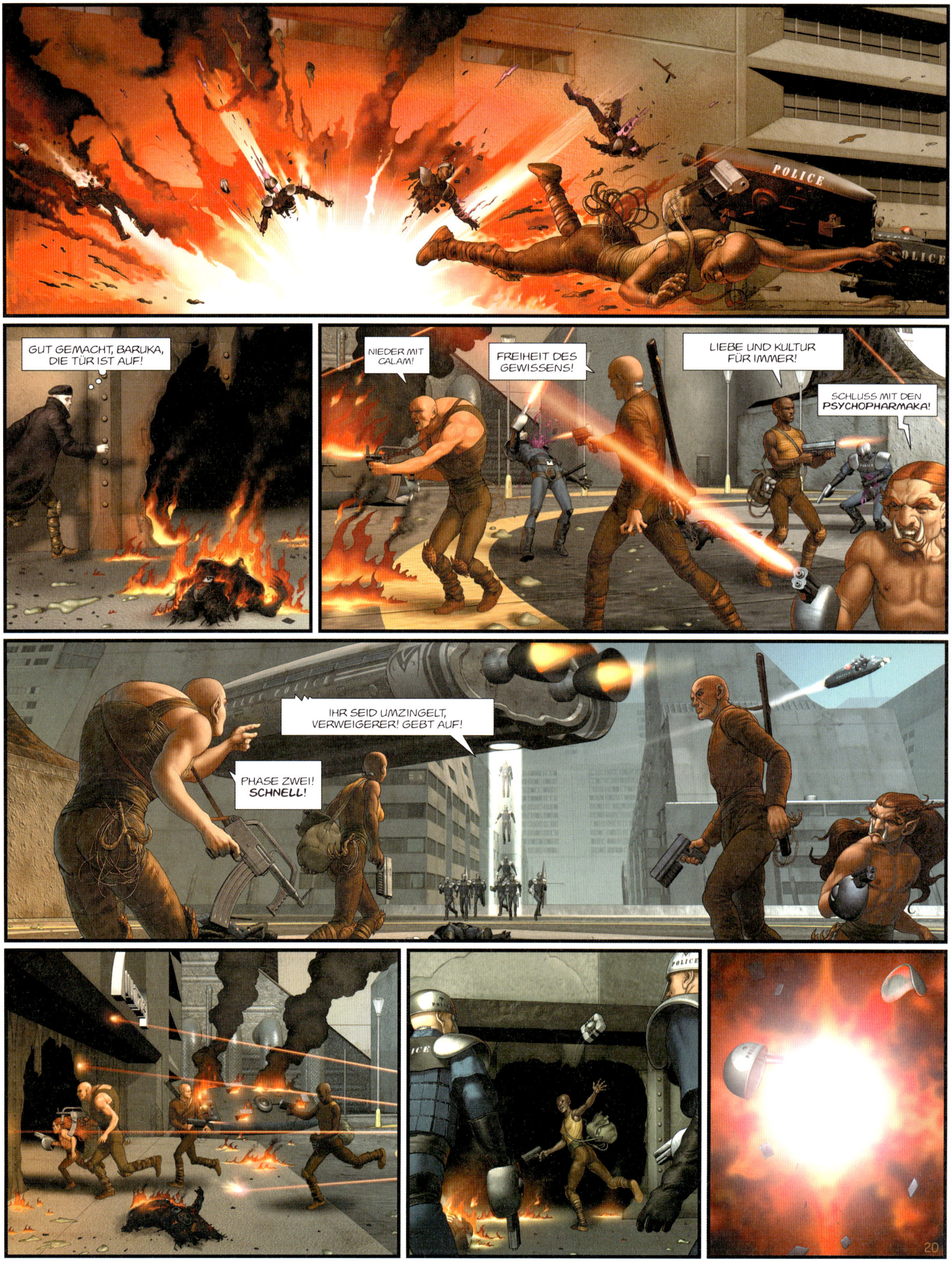
POLICE
GUT GEMACHT, BARUKA, DIE TÜR IST AUF!
NIEDER MIT CALAM!
FREIHEIT DES GEWISSENS!
LIEBE UND KULTUR FÜR IMMER!
SCHLUSS MIT DEN **PSYCHOPHARMAKA!**
IHR SEID UMZINGELT, VERWEIGERER! GEBT AUF!
PHASE ZWEI! **SCHNELL!**

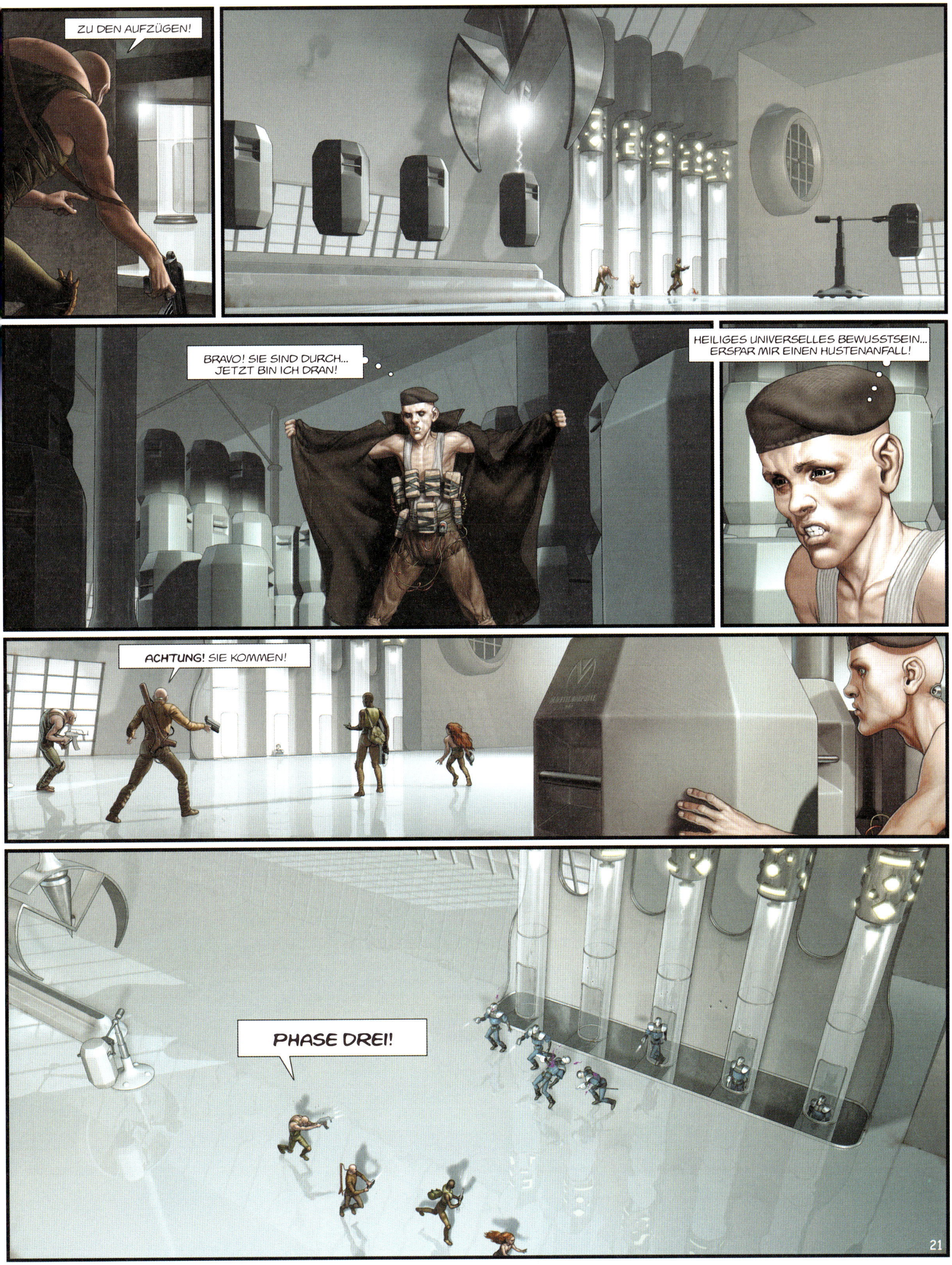
ZU DEN AUFZÜGEN!
BRAVO! SIE SIND DURCH... JETZT BIN ICH DRAN!
HEILIGES UNIVERSELLES BEWUSSTSEIN... ERSPAR MIR EINEN HUSTENANFALL!
ACHTUNG! SIE KOMMEN!
PHASE DREI!
21

PHASE VIER, PANAI!
BEEILT EUCH, ICH HABE EINE UNKONTROLLIERBARE WURZEL GEFUNDEN...
RUHIG BLUT, KARAB! DIE ILLUSION ERREICHT IHR ENDE...
LETZTE PHASE! **ADIEU, KARAB!**
KLAPP
KLICK
22

#9 : Calam

VERDAMMTE TERRORISTEN!
... SIE WERDEN IMMER DREISTER!
MAREA... MEINE KÖNIGIN... WELCHE KATASTROPHE!
... EIN RIESIGER MALAK... ER GREIFT DEN PALAST AN... ES IST **UNGLAUBLICH!**
WAS?! DEN PALAST? DIREKT? **SCHWARZER ALARM!**
23

SCHON WIEDER EIN ALARM... ES GEHT IMMER WEITER BERGAB...
COMPUTER, BERICHT DER WICHTIGSTEN EREIGNISSE DER LETZTEN 24 STUNDEN!
VERSTANDEN, MAJESTÄT. NEURALE TRANSMISSION HERGESTELLT...
PLANETENZEIT: 15:49 - SEKTOR SW 54 65 87 - TOTER OZEAN - HAFENGEBIET... 15:50 - BRÜCKE DES REAL-SCHIFFES...
ALLES BEREIT, KAPITÄN...
GUT, SCHIFFSJUNGE... MACHEN WIR UNS AUF DIE SUCHE NACH DEN SCHÄTZEN, DIE IM MEERESBODEN RUHEN... ZUM RUHME UNSERER KÖNIGIN MAREA!

ZUM RUHME MAREAS!
KURS AUFS ZIEL!
WIR SIND DA, KAPITÄN!
GUT! RAUS MIT DER SONDE!
NICHTS...
DA! DIE BLASEN!
STIMMT... DA BEWEGT SICH WAS!
ABER... WAS ZUM...
19:18 - VERSCHWINDEN DES FLAGGSCHIFFS...
25

NEIN!
BEREICH: WALD VON CHEM - KONTROLLE DER MAGNETBARRIERE - PLANETENZEIT: 09:40...
DIE ANTI-PFLANZEN-EINHEIT ERBITTET DIE ÖFFNUNG DES KRAFTFELDS...
... DEN GRÜNEN DRECK BEKÄMPFEN? LASST SIE DURCH... MIT MEINEM HERZLICHSTEN BEILEID...
09:45 - ÜBERTRETUNG DER LEGALEN GRENZE...
26

RÜCKZUG! SOFORT! VERLASST DIE FAHRZEUGE!
AKTIVIERT DAS KRAFT-FELD!
10:00 - ENDE DES BERICHTS...
NEIN!
27

NEIN!
DIESE SCHEUSSLICHKEIT HAT DEN SCHILD DES PALASTES DURCHDRUNGEN...
ENTSETZLICH!
DER SÜDWESTFLÜGEL IST BESCHÄDIGT, MEINE KÖNIGIN... DIE ARCHITEKTENGEHIRNE SIND BEREITS IM ANMARSCH...
GUT... MÖGEN SIE WIEDER AUFBAUEN, WAS ZERSTÖRT WURDE...
... SO, WIE ES WAR, AUF DASS CALAMS GLANZ ZURÜCKKEHRE...
UND DANN SOLLEN SIE UM DIESES MONSTER...
... EINE KRISTALLKUGEL ERRICHTEN, DIE ES GEFANGEN HÄLT!
28

MÖGE UNSER SPERRFEUER SEINE FLUCHT VEREITELN...
SEHT, WIE IHN SEIN TODESKAMPF VERÄNDERT... STIRB UND ZEIG UNS DEIN WAHRES GESI...
OOOOOH...!!
DRECKSVIEH! ES FLIEHT...
WAS ZU VIEL IST, IST ZU VIEL!

NUN IST ALSO KLAR, DASS DIESE WESEN EIN BEWUSSTSEIN HABEN... UND EINEM VON IHNEN IST ES GELUNGEN, DEN SCHUTZSCHILD DES PALASTES ZU ÜBERWINDEN... SELBST HIER SIND WIR NICHT MEHR SICHER...
... UMSO WENIGER, ALS SICH SEIT GESTERN DIE EREIGNISSE ÜBERSTÜRZEN... ETLICHE ATTACKEN DIESER MONSTER AUS DEN HIMMELN, MEHRERE ATTENTATE, DARUNTER DAS AUF DIE NARKOFABRIK... DER WALD VON CHEM BLEIBT TROTZ ALL UNSERER ANSTRENGUNGEN UNDURCHDRINGLICH, UND DIE SCHÄTZE DES TOTEN OZEANS SIND UNS NOCH IMMER UNZUGÄNGLICH... BIS HIN ZU DIESER ANOMALIE, DIE UNS ENTWISCHT IST!!
... WIR MÜSSEN DIE DINGE SELBST IN DIE HAND NEHMEN... AUF JEDE AGGRESSION EIN UNERBITTLICHER GEGENSCHLAG!
WIR WERDEN DIESE VERWEIGERER AUSHUNGERN... DANN WERDEN WIR SEHEN, OB SIE MIT LEEREM BAUCH NOCH GENAUSO GEFÄHRLICH SIND...
VATER, LASS MIR DEN WALD, ICH WEISS IHN ZU BEZWINGEN!
GUT, KAVATAH, ABER SIEH DICH VOR, DIESER WALD HAT EIN BEWUSSTSEIN, UND ZWAR EIN MENSCHLICHES... JEMAND STEUERT DIE TIERE UND PFLANZEN...
DU, MAREA, MEIN WEIB, BEKÄMPFST DAS VERDAMMTE MEER...
UND ICH WERDE EINE ARMEE AUFSTELLEN, DIE FÄHIG IST, DIESE MALAKEN ZU UNTERWERFEN...
30

#10 : Cabot-Chadday

ICH! WEIL ICH DU BIN!
NEIN! ICH BIN ES, DER DU BIST!
GENUG!
DER EINZIG NORMALE VON UNS DREIEN BIN ICH, HAZA, EURE ERGEBENE WÖLFIN... ICH BIN DIE EWIGEN DISKUSSIONEN, DIE DU MIT DIR SELBST FÜHRST, LEID, CABOT-CHADDAY... WERDE WIEDER EINS!
DU BIST KEINE WÖLFIN... SONDERN DIE SCHÖNSTE ALLER FRAUEN... WAS WÄRE OHNE DICH AUS MIR GEWORDEN IM HERZEN DIESER ENDLOSEN JAHRHUNDERTE, SÜSSE FREUNDIN?
NEIN! DU HAST NICHT MEINETWEGEN DEN ZEITEN WIDERSTANDEN, SONDERN DANK DEINES HÖCHSTEN IDEALS... BEDENKE, DASS DU VATER HUNDERTER KINDER BIST... JENER VERWEIGERER, AUF DIE DU SO STOLZ BIST... DU HAST VIEL FÜR SIE GETAN UND...
NICHTS HAB ICH FÜR SIE GETAN! ICH HABE ALLES NUR FÜR DIESES ARME MEGALEX GETAN...
NICHT DOCH, CABOT... ICH WEISS NOCH DEN ALTEN NAMEN UNSERES MÄRTYRERPLANETEN... GIRODIEUX... DER WIRBELNDE GOTT...
... NICHTS ALS EIN RIESIGER GARTEN... EIN TEMPEL, BEVÖLKERT VON GLÜCKLICHEN MENSCHEN UND TIEREN... SIE RESPEKTIERTEN DEN PLANETEN UND ER BEDANKTE SICH BEI IHNEN, INDEM ER SIE MIT SEINEN UNENDLICHEN GABEN ÜBERSCHÜTTETE... WIE KONNTE CALAM NUR DAS HASSENSWERTE MEGALEX DARAUS MACHEN?!
ERKENNST DU NUN DEN GRUND MEINER TRAURIGKEIT...?
GENUG GEJAMMERT... BEGNÜGEN WIR UNS DAMIT, DEN INSTRUKTIONEN DES HÖCHSTEN IDEALS ZU FOLGEN. DER WICHTIGSTE STEIN DES GROSSEN SPIELS MUSS BALD EINTREFFEN... BEREITEN WIR DIE OASE VOR!
DU HAST RECHT, CHADDAY... ZERAIN LEBT! DIE HOFFNUNG IST UNS ERLAUBT... BEREITEN WIR IHN AUF DIE GROSSE OFFENBARUNG VOR...
SO GEFALLT IHR MIR!
DU MEINST, ES IST DA?
JA, UNTER DEM STEIN... HA! SIEHST DU?
HOFFENTLICH GIBT ES IN DER NÄHE EIN PAAR WURZELN. SIEHT NICHT SO AUS, ALS WOLLTEN SIE AUF DEN ERWECKER DES TROPISMUS REAGIEREN.
HAB GEDULD, MANN GERINGEN GLAUBENS... DAS WASSER UND DER RUF UNSERES APPARATES WERDEN IHNEN SCHNELL APPETIT MACHEN...
32

ES NIMMT GESTALT AN! SCHLIESS DIE NISCHE!
VORSICHT! DA DRÜBEN KOMMEN SIE!
KOMM, HAZA, VERSTECKEN WIR UNS HINTER DEM FELSEN... WIR MÜSSEN WARTEN, BIS ZERAIN EINGESCHLAFEN IST...
EIN WUNDER! EINE OASE! DER SÜSSE MOMENT DER RAST DES KRIEGERS IST ENDLICH GEKOMMEN!
UND DIE STUNDE DES BADES! MEINE ZÖPFE SIND VOLLER MUTIERTER FLÖHE!
KEINE ZUGESTÄNDNISSE AN DAS KÖRPERLICHE WOHLBEFINDEN... DAS TARGOUM ERWARTET UNS... WIR MÜSSEN SCHNELLSTMÖGLICH VON UNSERER SIEGREICHEN MISSION BERICHTEN. DIE ANDEREN TARGOUMS SOLLEN WISSEN, DASS UNSER CHEF DER GRÖSSTE IST...
DIE HIPPODRILE HABEN RECHT. MACHEN WIR EINE PAUSE!
MAL NICHT SO GÖNNERHAFT, FRÄULEIN... DAS IST UNSER GUTES RECHT!
JA, JA, SCHON GUT... MEINETWEGEN... ICH GEB'S AUF...
BARUKA ÜBERTREIBT... ICH BIN HUNGRIG, DURSTIG UND MÜDE...
ARTIKEL 26 DES VERTRAGES, DER UNS AN DAS TARGOUM BINDET, BESAGT, DASS IN EINER LAGE, DIE UNSER LEBEN NICHT GEFÄHRDET...

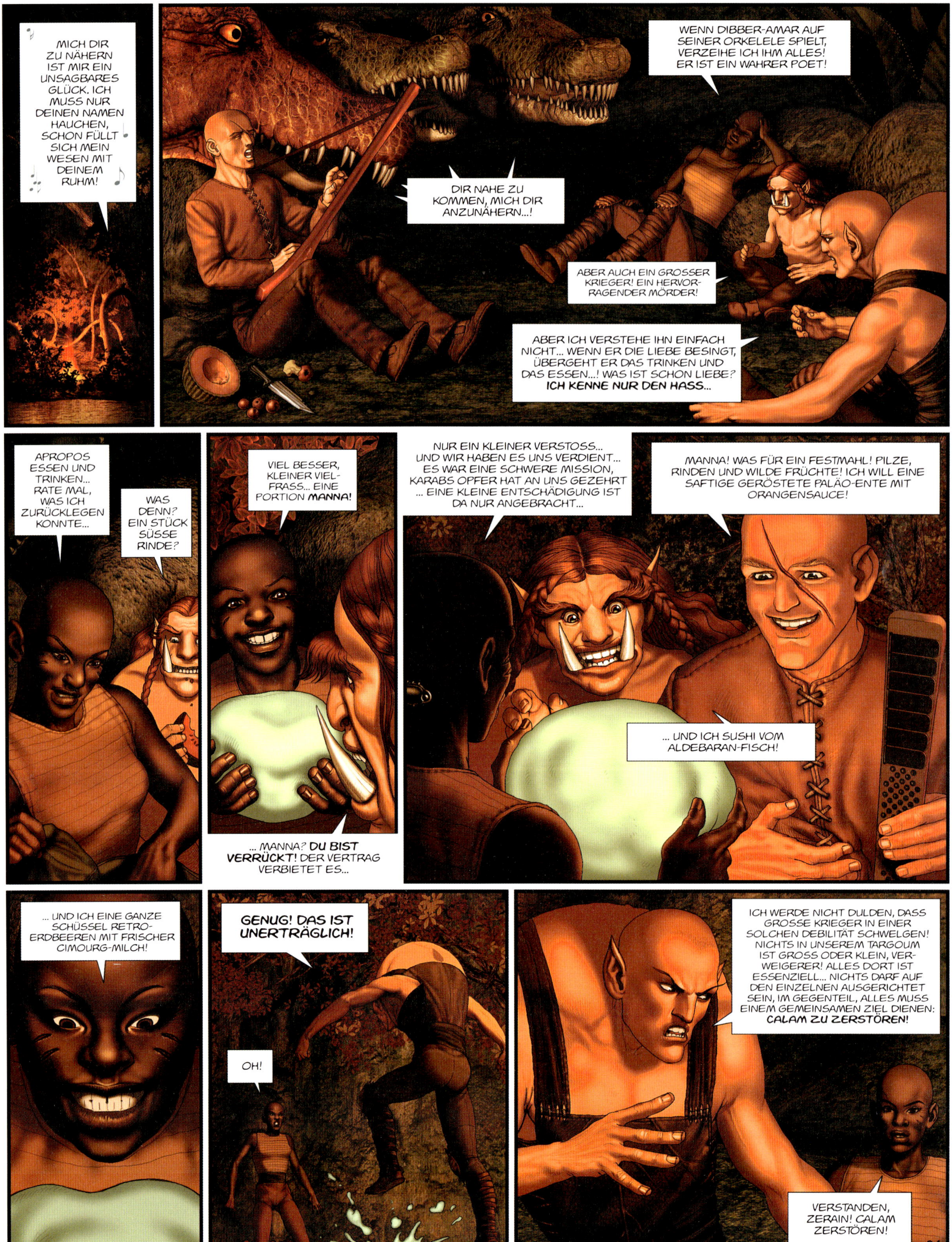
MICH DIR ZU NÄHERN IST MIR EIN UNSAGBARES GLÜCK. ICH MUSS NUR DEINEN NAMEN HAUCHEN, SCHON FÜLLT SICH MEIN WESEN MIT DEINEM RUHM!
WENN DIBBER-AMAR AUF SEINER ORKELELE SPIELT, VERZEIHE ICH IHM ALLES! ER IST EIN WAHRER POET!
DIR NAHE ZU KOMMEN, MICH DIR ANZUNÄHERN...!
ABER AUCH EIN GROSSER KRIEGER! EIN HERVORRAGENDER MÖRDER!
ABER ICH VERSTEHE IHN EINFACH NICHT... WENN ER DIE LIEBE BESINGT, ÜBERGEHT ER DAS TRINKEN UND DAS ESSEN...! WAS IST SCHON LIEBE? **ICH KENNE NUR DEN HASS...**
APROPOS ESSEN UND TRINKEN... RATE MAL, WAS ICH ZURÜCKLEGEN KONNTE...
WAS DENN? EIN STÜCK SÜSSE RINDE?
VIEL BESSER, KLEINER VIELFRASS... EINE PORTION **MANNA!**
... MANNA? **DU BIST VERRÜCKT!** DER VERTRAG VERBIETET ES...
NUR EIN KLEINER VERSTOSS... UND WIR HABEN ES UNS VERDIENT... ES WAR EINE SCHWERE MISSION, KARABS OPFER HAT AN UNS GEZEHRT ... EINE KLEINE ENTSCHÄDIGUNG IST DA NUR ANGEBRACHT...
MANNA! WAS FÜR EIN FESTMAHL! PILZE, RINDEN UND WILDE FRÜCHTE! ICH WILL EINE SAFTIGE GERÖSTETE PALÄO-ENTE MIT ORANGENSAUCE!
... UND ICH SUSHI VOM ALDEBARAN-FISCH!
... UND ICH EINE GANZE SCHÜSSEL RETRO-ERDBEEREN MIT FRISCHER CIMOURG-MILCH!
GENUG! DAS IST UNERTRÄGLICH!
OH!
ICH WERDE NICHT DULDEN, DASS GROSSE KRIEGER IN EINER SOLCHEN DEBILITÄT SCHWELGEN! NICHTS IN UNSEREM TARGOUM IST GROSS ODER KLEIN, VERWEIGERER! ALLES DORT IST ESSENZIELL... NICHTS DARF AUF DEN EINZELNEN AUSGERICHTET SEIN, IM GEGENTEIL, ALLES MUSS EINEM GEMEINSAMEN ZIEL DIENEN: **CALAM ZU ZERSTÖREN!**
VERSTANDEN, ZERAIN! CALAM ZERSTÖREN!
34

DAFÜR BRINGEN WIR DAS OPFER, UNS VON WURZELN ZU ERNÄHREN, DAFÜR MACHEN WIR AUS UNSEREN KÖRPERN ORGANISCHE FESTUNGEN, DAFÜR LERNEN UND LEBEN WIR...
JA, ZERAIN... NUR DAFÜR LEBEN WIR...
IHR WOLLT DIESES WIDERLICHE MANNA IN NAHRUNG VERWANDELN? NUR ZU! ABER VERGESST DIESE EXOTISCHEN GERICHTE, IHR INFANTILEN EGOISTEN... MÖGE DIE NAHRUNG SELBST DEM GEIST UNSERES HASSES WÜRDIG SEIN...
ICH SCHÄME MICH... VERZEIH UNS, ZERAIN!
UNSERE MEISTER WOLLEN MEDITIEREN... EIN WENIG RESPEKT BITTE!
JA, PANAI, ICH VERZEIHE EUCH... VEREINIGT EUCH MIT MIR, FREUNDE!
KEINE VÖLLEREI MEHR! WIR LEEREN UNSEREN GEIST, VERGESSEN UNSER EIGENES ICH, WIR VERWANDELN UNS IN **KANNIBALEN**... WIR WERDEN EIN MENSCHLICHES WESEN VERSCHLINGEN...
WAS?! KANNIBALEN?
SEI STILL UND GEHORCHE! DU HAST GEHÖRT, WAS UNSER CHEF GESAGT HAT, ODER?!
AH? GUT!
JA, WIR WERDEN DIE OBERBEFEHLSHABERIN ALL DIESER VERDAMMTEN ARMEEN VERSCHLINGEN: **PRINZESSIN KAVATAH!**
OH!
WIR WERDEN DAS MANNA BITTEN, DIE GESTALT DIESER MÖRDERIN ANZUNEHMEN...
... KAVATAH!
... KAVATAH!
... KAVATAH!
... KAVATAH!
DU HAST UNSER VOLK ZERSTÖRT, DEN PLANETEN VERGIFTET, DU GÖNNST DIR 4000 LEBENSJAHRE, DOCH DEINESGLEICHEN GENEHMIGST DU NUR 40 JAHRE UNWÜRDIGSTER EXISTENZ...
DA IST DIE BLUTRÜNSTIGE BESTIE... ICH WERDE DIR DEIN DRECKIGES HERZ RAUSREISSEN, KAVATAH!
DEINE SCHÖNHEIT GLEICHT JENER DER VIPERN, SYPHILITISCHE PRINZESSIN! IM TRAUM HABE ICH DIR DIE AUGEN, DIE OHREN UND DIE ZUNGE RAUSGERISSEN, UND GENAU DAS WERDE ICH JETZT TUN...
MOMENT! **HÖRT SOFORT AUF!**
AUFHÖREN, HAB ICH GESAGT! UNSER FEIND IST VON KÖNIGLICHEM BLUT, NICHT IRGENDEIN ANDROID... SIE HAT EIN RECHT AUF EINE BEVORZUGTE BEHANDLUNG, SELBST WENN WIR ES IM MOMENT NUR MIT EINER BLASSEN KOPIE ZU TUN HABEN... WENN WIR NICHT LERNEN, DIE SYMBOLE ZU RESPEKTIEREN, WERDEN WIR ES NIE VERSTEHEN, DIE WIRKLICHKEIT ZU RESPEKTIEREN... ICH WERDE SIE SELBST DEM RITUAL GEMÄSS ZERLEGEN...
VOM FERNSEIN DEINES ICH IN DEINER ANWESENHEIT... UND VOM DASEIN DEINER SELBST IN DEINER ABSENZ ALLEIN... ENTSTEIGT IN MIR EIN DUFT, DER »ICH LIEBE DICH« SCHREIT! O WIE FURCHTBAR KANN DER DUFT DER LIEBE SEIN!
O VON DER LIEBE, DER DUFT, VON DER LIEBE, VON DER LIEBE!
ZERAIN IST SONDERBAR. SO WAR ER NOCH NIE... ICH WUSSTE NICHT, DASS ER SO VIEL HASS IN SICH TRÄGT...
35

WARUM MUSST DU EINE SOLCHE WIRKUNG AUF MICH HABEN? ICH LEIDE NICHT, UND DOCH MUSS ICH WEINEN...
MEIN HERZ SCHLÄGT WIE WILD, UND JEDER SCHLAG SKANDIERT UNAUFHÖRLICH DEINEN NAMEN... **KA... VA... TAH... KA... VA... TAH...** DEIN NAME GEHT IN MEINE VENEN ÜBER, LÖST SICH AUF IN MEINEM BLUT, ÜBERFLUTET MICH, FÜLLT MEINE SEELE AN... WAS BEDEUTET...?
WARUM MUSS ICH DICH PLÖTZLICH LIEBEN, MEINEN GRÖSSTEN UND KÖNIGLICHEN FEIND? DOCH WARTE... NEIN... SO PLÖTZLICH IST ES GAR NICHT... ICH LIEBE DICH SCHON IMMER, KAVATAH, DU FLEISCH GEWORDENE SCHÖNHEIT, DU BLUTRÜNSTIGE BESTIE, UNHEILVOLLSTER VAMPIR ALLER ZEITEN, **MEINE LIEBSTE!**
AAAH... ICH ERTRAGE ES NICHT LÄNGER... ZERSPRINGE MEIN HERZ! **DIESE LIEBE IST MIR VERSAGT!**
MÖGE MIR ALL DER HASS DIESER WELT ZU HILFE EILEN! ICH WERDE DEIN FLEISCH IN STÜCKE SCHNEIDEN, MÖRDERIN, WEIL DU MICH DAZU VERURTEILT HAST, DICH BIS ZUM TODE ZU LIEBEN!
OOOH, DIE LIEBE! DER GERUCH! DIE LIEBE...
DAS IST FÜR EUCH, HIPPODRILE! SCHLAGT EUCH DEN BAUCH VOLL... **NIEDER MIT CALAM!**
MIAM!
36

NIEDER MIT CALAM!
NIEDER MIT CALAM!
ZZ
DAS REICHT, CABOT... IN SECHS STUNDEN WACHEN SIE AUF...
FÜHRE MEINE HAND, CHADDAY... WIR BEGINNEN, DEN LAUF DER GESCHICHTE ZU VERÄNDERN.
GENUG GESCHWATZT... SCHREITEN WIR ZUR TAT!
ZZZ...
ICH HAB SIE! ICH KANN ES SPÜREN! ICH BRINGE SIE IN DIE RICHTIGE POSITION, DAMIT SIE SICH BESTMÖGLICH ENTFALTEN KÖNNEN...
DER SCHLAF BEGÜNSTIGT DIE ENTFALTUNG ZUR RECHTEN ZEIT...
IST ES RATSAM, DEN NATÜRLICHEN PROZESS ZU BESCHLEUNIGEN?
ES IST DAS TIER IN DIR, DAS ZWEIFELT, HAZA. DAS GÖTTLICHE BEWUSSTSEIN HAT DIESES UNIVERSUM IN DIE HÄNDE DES MENSCHEN GELEGT, AUF DASS ER AM ERSCHEINEN DES HÖCHSTEN IDEALS TEILNIMMT UND ES BESCHLEUNIGT...
NUN WIRD ZERAIN ENDLICH ALS DER ERKANNT WERDEN, DER ER IST...! GEHEN WIR, UNSERE FELSENFESTUNG ERWARTET UNS...
ALLES IST BEREIT. ER IST SCHON PROGRAMMIERT... WAS GESCHEHEN MUSS, WIRD GESCHEHEN, WÄHREND DES KAMPFES ZWISCHEN DEN CHEFS DER TARGOUMS...
... ZURÜCK IN DIE EINSAMKEIT!
... UND ICH? ... ZÄHLE ICH NICHT?
37

#11 : Kavatah

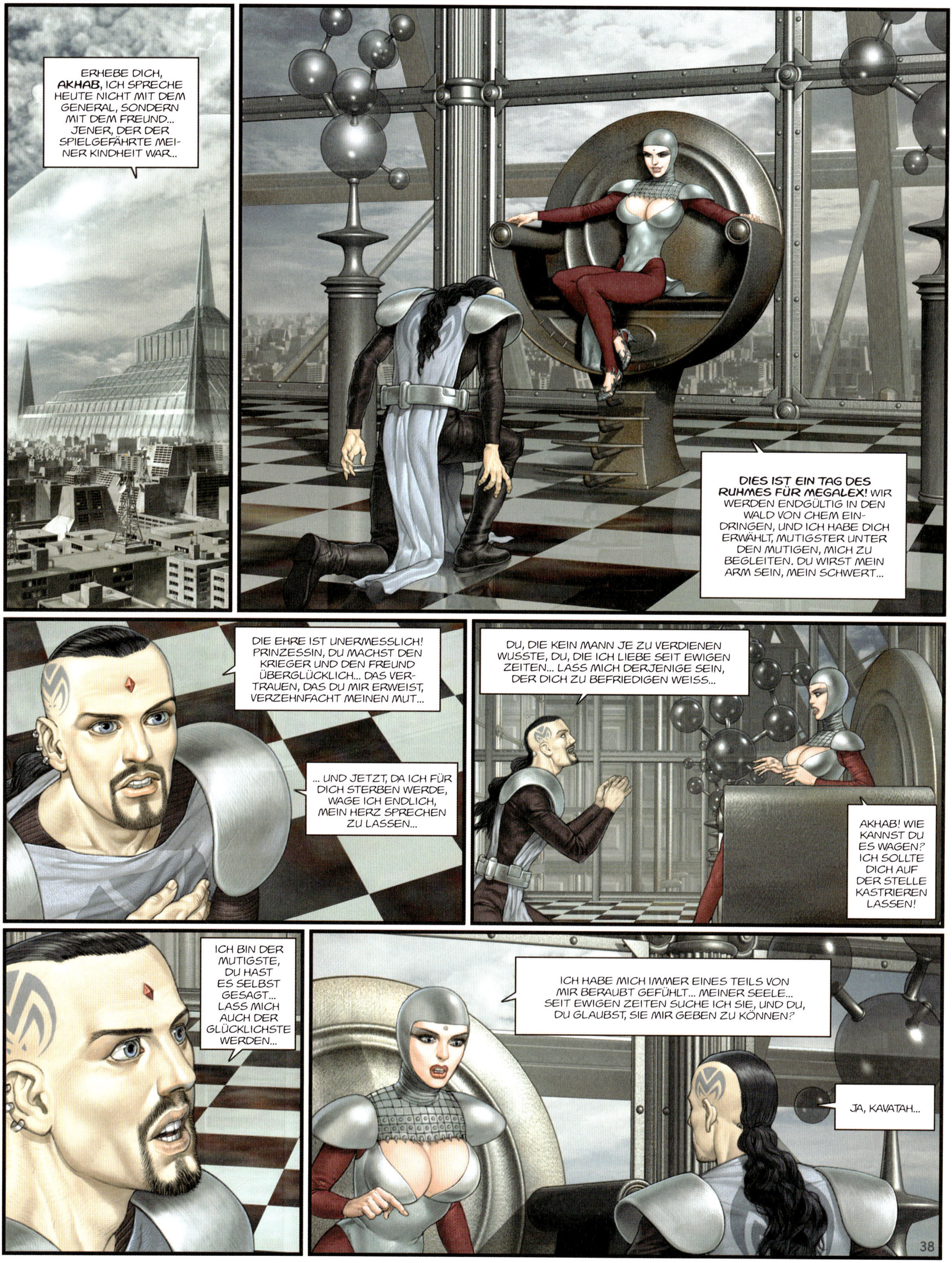
ERHEBE DICH, **AKHAB**, ICH SPRECHE HEUTE NICHT MIT DEM GENERAL, SONDERN MIT DEM FREUND... JENER, DER DER SPIELGEFÄHRTE MEINER KINDHEIT WAR...
DIES IST EIN TAG DES RUHMES FÜR MEGALEX! WIR WERDEN ENDGÜLTIG IN DEN WALD VON CHEM EINDRINGEN, UND ICH HABE DICH ERWÄHLT, MUTIGSTER UNTER DEN MUTIGEN, MICH ZU BEGLEITEN. DU WIRST MEIN ARM SEIN, MEIN SCHWERT...
DIE EHRE IST UNERMESSLICH! PRINZESSIN, DU MACHST DEN KRIEGER UND DEN FREUND ÜBERGLÜCKLICH... DAS VERTRAUEN, DAS DU MIR ERWEIST, VERZEHNFACHT MEINEN MUT...
... UND JETZT, DA ICH FÜR DICH STERBEN WERDE, WAGE ICH ENDLICH, MEIN HERZ SPRECHEN ZU LASSEN...
DU, DIE KEIN MANN JE ZU VERDIENEN WUSSTE, DU, DIE ICH LIEBE SEIT EWIGEN ZEITEN... LASS MICH DERJENIGE SEIN, DER DICH ZU BEFRIEDIGEN WEISS...
AKHAB! WIE KANNST DU ES WAGEN? ICH SOLLTE DICH AUF DER STELLE KASTRIEREN LASSEN!
ICH BIN DER MUTIGSTE, DU HAST ES SELBST GESAGT... LASS MICH AUCH DER GLÜCKLICHSTE WERDEN...
ICH HABE MICH IMMER EINES TEILS VON MIR BERAUBT GEFÜHLT... MEINER SEELE... SEIT EWIGEN ZEITEN SUCHE ICH SIE, UND DU, DU GLAUBST, SIE MIR GEBEN ZU KÖNNEN?
JA, KAVATAH...
38

WENN DU MEINEN KÖRPER WILLST, DANN VEREINIGE DICH MIT MIR UND VERVOLL-STÄNDIGE MEINEN GEIST!
KAVATAH!
AAAAHHH...
NEIN!
WAS HABE ICH NUR GETAN, DASS ICH EIN SOLCHES SCHICKSAL VERDIENE? WELCHER FLUCH LASTET AUF MIR? NUN HAT DIE VORSEHUNG MICH MEINES BESTEN KRIEGERS BERAUBT UND ICH MUSS ALLEINE IN DIE SCHLACHT ZIEHEN...
ES SEI! ICH WERDE ALSO ZUM ERSTEN MAL DIESEN WALD BETRETEN UND SELBST DIE TRUPPEN DER AUFKLÄRER ANFÜHREN...
39

#12 : Das befreite Gewissen

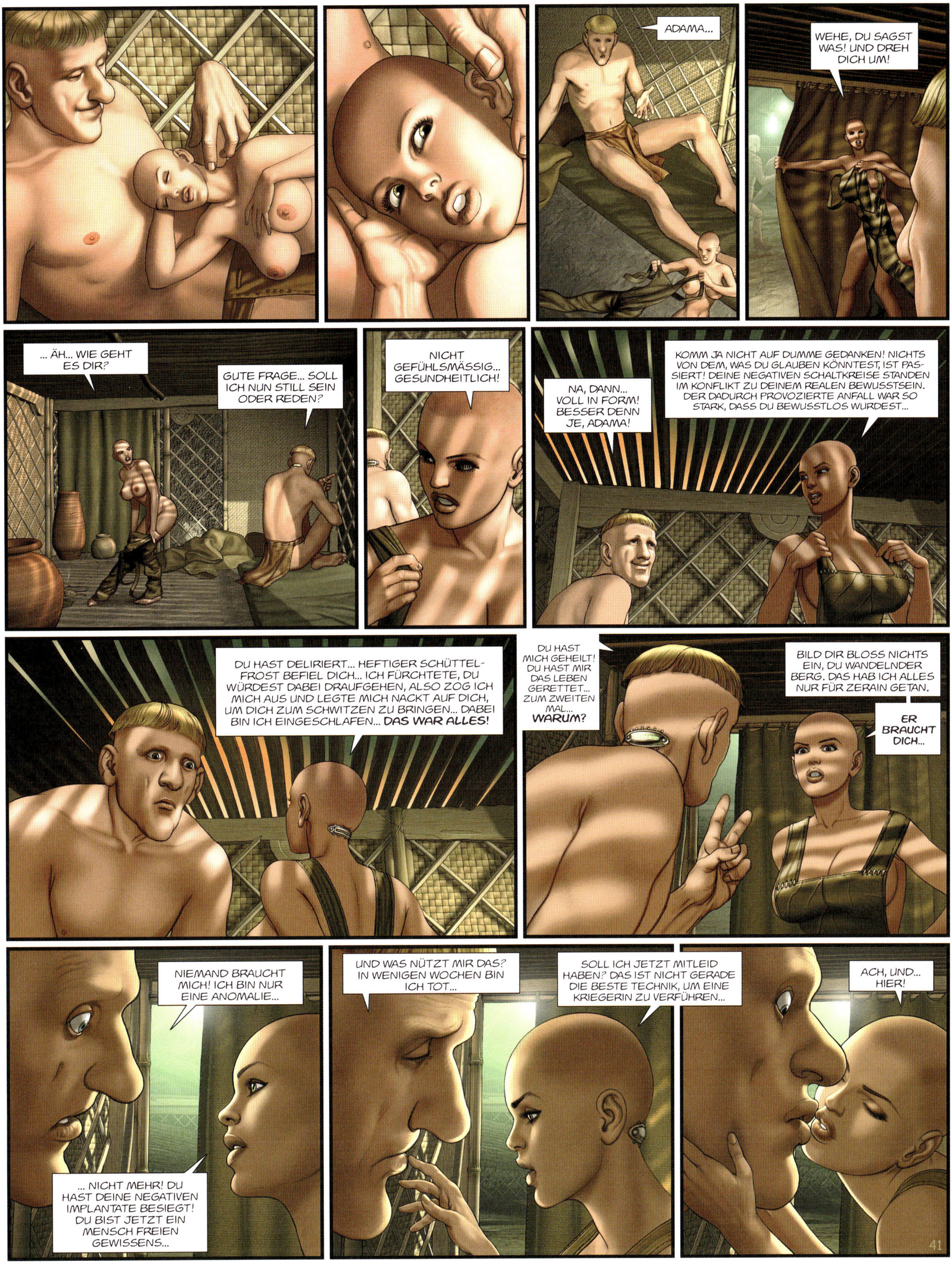
ADAMA...
WEHE, DU SAGST WAS! UND DREH DICH UM!
... ÄH... WIE GEHT ES DIR?
GUTE FRAGE... SOLL ICH NUN STILL SEIN ODER REDEN?
NICHT GEFÜHLSMÄSSIG... GESUNDHEITLICH!
NA, DANN... VOLL IN FORM! BESSER DENN JE, ADAMA!
KOMM JA NICHT AUF DUMME GEDANKEN! NICHTS VON DEM, WAS DU GLAUBEN KÖNNTEST, IST PASSIERT! DEINE NEGATIVEN SCHALTKREISE STANDEN IM KONFLIKT ZU DEINEM REALEN BEWUSSTSEIN. DER DADURCH PROVOZIERTE ANFALL WAR SO STARK, DASS DU BEWUSSTLOS WURDEST...
DU HAST DELIRIERT... HEFTIGER SCHÜTTELFROST BEFIEL DICH... ICH FÜRCHTETE, DU WÜRDEST DABEI DRAUFGEHEN, ALSO ZOG ICH MICH AUS UND LEGTE MICH NACKT AUF DICH, UM DICH ZUM SCHWITZEN ZU BRINGEN... DABEI BIN ICH EINGESCHLAFEN... **DAS WAR ALLES!**
DU HAST MICH GEHEILT! DU HAST MIR DAS LEBEN GERETTET... ZUM ZWEITEN MAL... **WARUM?**
BILD DIR BLOSS NICHTS EIN, DU WANDELNDER BERG. DAS HAB ICH ALLES NUR FÜR ZERAIN GETAN.
ER BRAUCHT DICH...
NIEMAND BRAUCHT MICH! ICH BIN NUR EINE ANOMALIE...
... NICHT MEHR! DU HAST DEINE NEGATIVEN IMPLANTATE BESIEGT! DU BIST JETZT EIN MENSCH FREIEN GEWISSENS...
UND WAS NÜTZT MIR DAS? IN WENIGEN WOCHEN BIN ICH TOT...
SOLL ICH JETZT MITLEID HABEN? DAS IST NICHT GERADE DIE BESTE TECHNIK, UM EINE KRIEGERIN ZU VERFÜHREN...
ACH, UND... HIER!

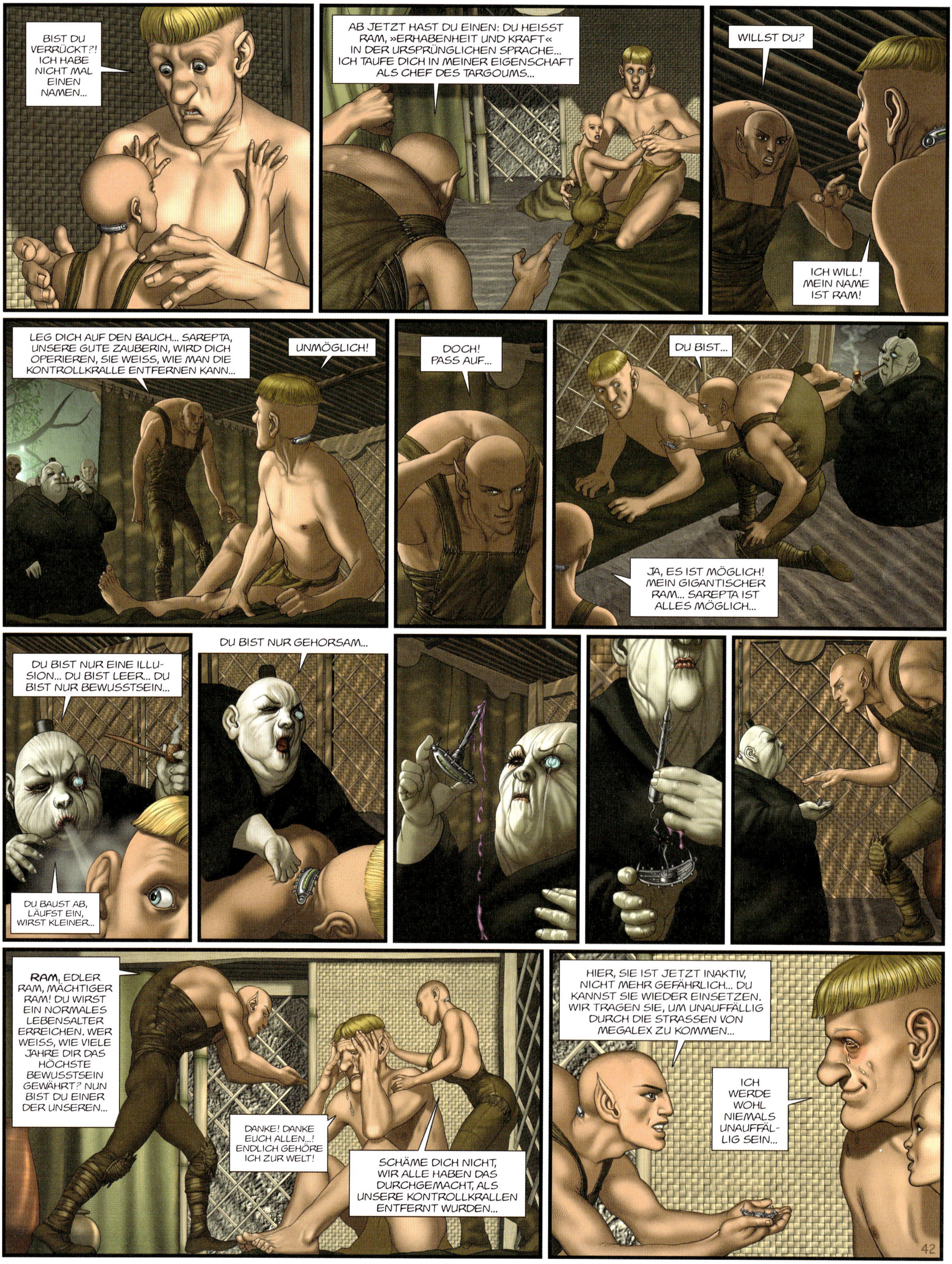
BIST DU VERRÜCKT?! ICH HABE NICHT MAL EINEN NAMEN...
AB JETZT HAST DU EINEN: DU HEISST RAM, »ERHABENHEIT UND KRAFT« IN DER URSPRÜNGLICHEN SPRACHE... ICH TAUFE DICH IN MEINER EIGENSCHAFT ALS CHEF DES TARGOUMS...
WILLST DU?
ICH WILL! MEIN NAME IST RAM!
LEG DICH AUF DEN BAUCH... SAREPTA, UNSERE GUTE ZAUBERIN, WIRD DICH OPERIEREN, SIE WEISS, WIE MAN DIE KONTROLLKRALLE ENTFERNEN KANN...
UNMÖGLICH!
DOCH! PASS AUF...
DU BIST...
JA, ES IST MÖGLICH! MEIN GIGANTISCHER RAM... SAREPTA IST ALLES MÖGLICH...
DU BIST NUR EINE ILLUSION... DU BIST LEER... DU BIST NUR BEWUSSTSEIN...
DU BAUST AB, LÄUFST EIN, WIRST KLEINER...
DU BIST NUR GEHORSAM...
RAM, EDLER RAM, MÄCHTIGER RAM! DU WIRST EIN NORMALES LEBENSALTER ERREICHEN. WER WEISS, WIE VIELE JAHRE DIR DAS HÖCHSTE BEWUSSTSEIN GEWÄHRT? NUN BIST DU EINER DER UNSEREN...
DANKE! DANKE EUCH ALLEN...! ENDLICH GEHÖRE ICH ZUR WELT!
SCHÄME DICH NICHT, WIR ALLE HABEN DAS DURCHGEMACHT, ALS UNSERE KONTROLLKRALLEN ENTFERNT WURDEN...
HIER, SIE IST JETZT INAKTIV, NICHT MEHR GEFÄHRLICH... DU KANNST SIE WIEDER EINSETZEN. WIR TRAGEN SIE, UM UNAUFFÄLLIG DURCH DIE STRASSEN VON MEGALEX ZU KOMMEN...
ICH WERDE WOHL NIEMALS UNAUFFÄLLIG SEIN...
42

NA? BIN ICH IMMER NOCH SO VERRÜCKT?
JA!
ACH, FINDEST DU? NA WARTE! HA, HA!
HA, HA, HA, HA!
DAS REICHT, VERWEIGERER! IHR HABT SPÄTER ZEIT GENUG, EUER SPIELCHEN FORTZUSETZEN! KOMM MIT MIR, RAM...
TEILE UNS DEINE VISION MIT, WEISE SCHWESTER...
ES IST SO WEIT! ZERAIN HAT EINEN TRÄGER GEFUNDEN...! DIE OFFENBARUNG VERLANGT, DASS SICH DIE ZWÖLF TARGOUMS VEREINIGEN... IN ACHT TAGEN FINDET DAS TURNIER DER CHEFS STATT... DIE ZWÖLF CHEFS WERDEN SICH AUF IHREN TRÄGERN SITZEND BEKÄMPFEN. DER SIEGER WIRD DER EHYE-ACHER-EHYE, DER CHEF ALLER CHEFS... UND MIT DEM DANN FOLGENDEN FINALEN ZEICHEN WIRD DER HEILIGE KRIEG BEGINNEN!
WIR ZERSTÖREN CALAM!
SO SEI ES! **NIEDER MIT CALAM!**
ICH VERSTEHE NICHT GANZ... WER IST DIESER TRÄGER, DEN ZERAIN GEFUNDEN HAT?
NA... **DU BIST ES!**
NIEDER MIT CALAM!
ICH? DER TRÄGER VON ZERAIN?
KOMM, RAM! UNS BLEIBEN NUR NOCH ACHT TAGE. BEGINNEN WIR GLEICH MIT DEM TRAINING...
43

#13 : Ehye-Acher-Ehye

IST HEUTE DER TAG GEKOMMEN? IST HEUTE DER TAG GEKOMMEN?
DIE OFFENBARUNG VERLANGT ES... DIE OFFENBARUNG FORDERT ES...
EHYE-ACHER-EHYE... IST HEUTE DER TAG DES FINALEN ZEICHENS GEKOMMEN?
ICH BIN DIE ÄLTESTE... **HÖRT MICH AN...**
RUHE!
PSST!
... DIE OFFENBARUNG VERLANGT, DASS SICH DIE ZWÖLF TARGOUMS VEREINIGEN... EURE CHEFS MÜSSEN SICH BEKÄMPFEN... DIE VERLIERER STERBEN, NUR EINER ÜBERLEBT... **SO SOLL ES SEIN!**
SO SOLL ES SEIN!
45

SCHWÖRT NUN EURER TREUE AB, EHRENWERTE HIPPODRILE... SOBALD DER GROSSE KAMPF BEGINNT, LAUFT IHR UM DIESEN KREIS HERUM UND ZERTRAMPELT MIT EUREN MÄCHTIGEN PFOTEN JEDEN, DER AUS IHM HINAUSGEWORFEN WIRD. ELIMINIERT DIE BESIEGTEN... ICH VERLANGE VON EUCH HOCHHEILIGSTE HÄRTE...
MÖGE SICH DIE OFFENBARUNG ERFÜLLEN! WAHRLICH, **WIR WERDEN HART SEIN!**
... ES SEI!
MÖGEN DIE ZWÖLF CHEFS AUF IHREN TRÄGERN IN DIE ARENA EINMARSCHIEREN!
46

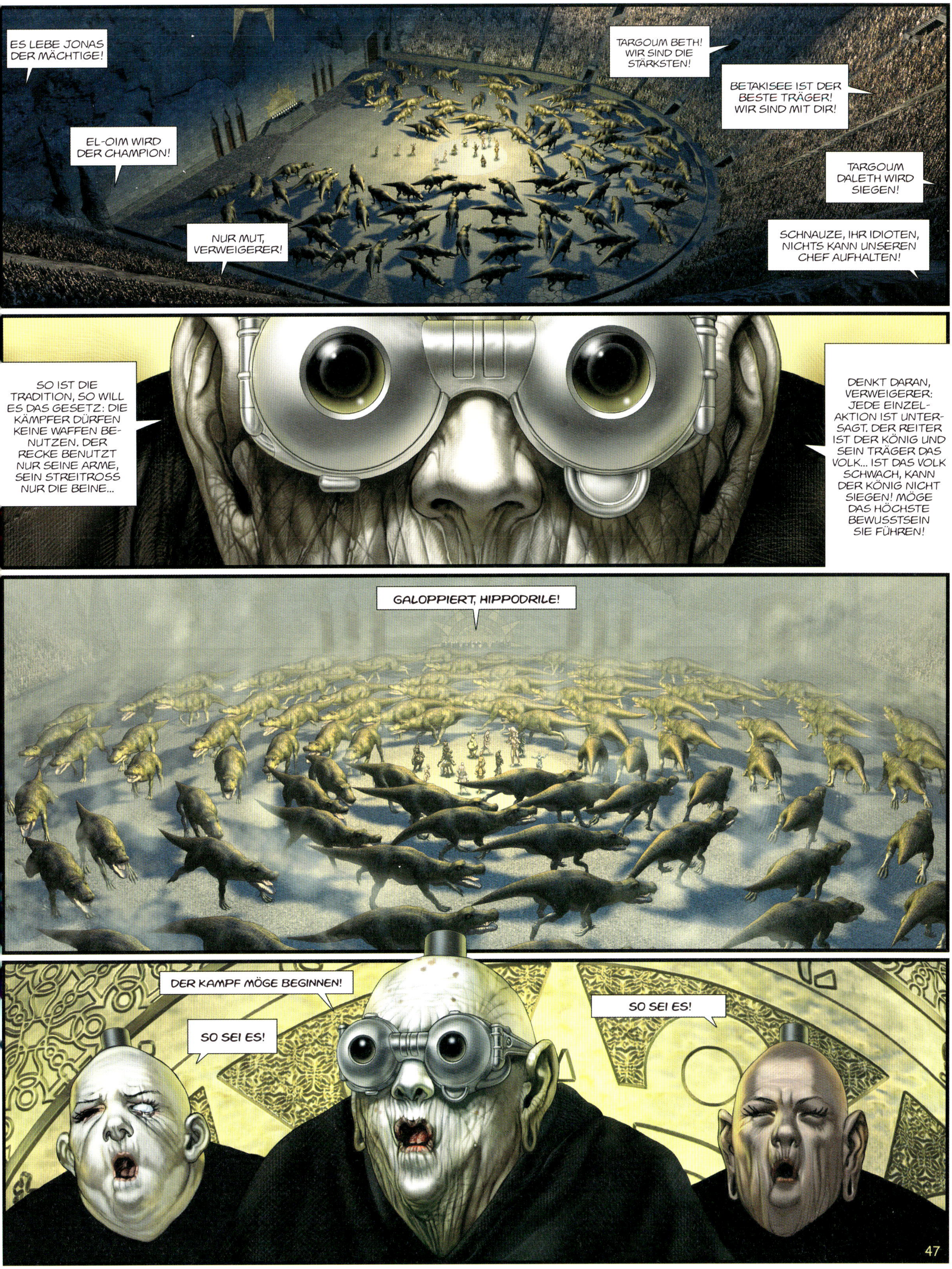
ES LEBE JONAS DER MÄCHTIGE!
TARGOUM BETH! WIR SIND DIE STÄRKSTEN!
BETAKISEE IST DER BESTE TRÄGER! WIR SIND MIT DIR!
EL-OIM WIRD DER CHAMPION!
TARGOUM DALETH WIRD SIEGEN!
NUR MUT, VERWEIGERER!
SCHNAUZE, IHR IDIOTEN, NICHTS KANN UNSEREN CHEF AUFHALTEN!
SO IST DIE TRADITION, SO WILL ES DAS GESETZ: DIE KÄMPFER DÜRFEN KEINE WAFFEN BENUTZEN. DER RECKE BENUTZT NUR SEINE ARME, SEIN STREITROSS NUR DIE BEINE...
DENKT DARAN, VERWEIGERER: JEDE EINZELAKTION IST UNTERSAGT. DER REITER IST DER KÖNIG UND SEIN TRÄGER DAS VOLK... IST DAS VOLK SCHWACH, KANN DER KÖNIG NICHT SIEGEN! MÖGE DAS HÖCHSTE BEWUSSTSEIN SIE FÜHREN!
GALOPPIERT, HIPPODRILE!
DER KAMPF MÖGE BEGINNEN!
SO SEI ES!
SO SEI ES!
47

RAM WIRD ES SCHAFFEN! ICH KANN NICHT HINSEHEN!
NUR MUT, ADAMA, ES WIRD NICHT LANGE DAUERN, BIS DU WEISST, OB ER DEINER WÜRDIG IST...
DIE HIPPODRILE TRAMPELN UNERBITTLICH ALLE NIEDER, DIE AUS DEM KREIS FLIEGEN!
ES SIND NUR NOCH VIER TEAMS ÜBRIG!
48

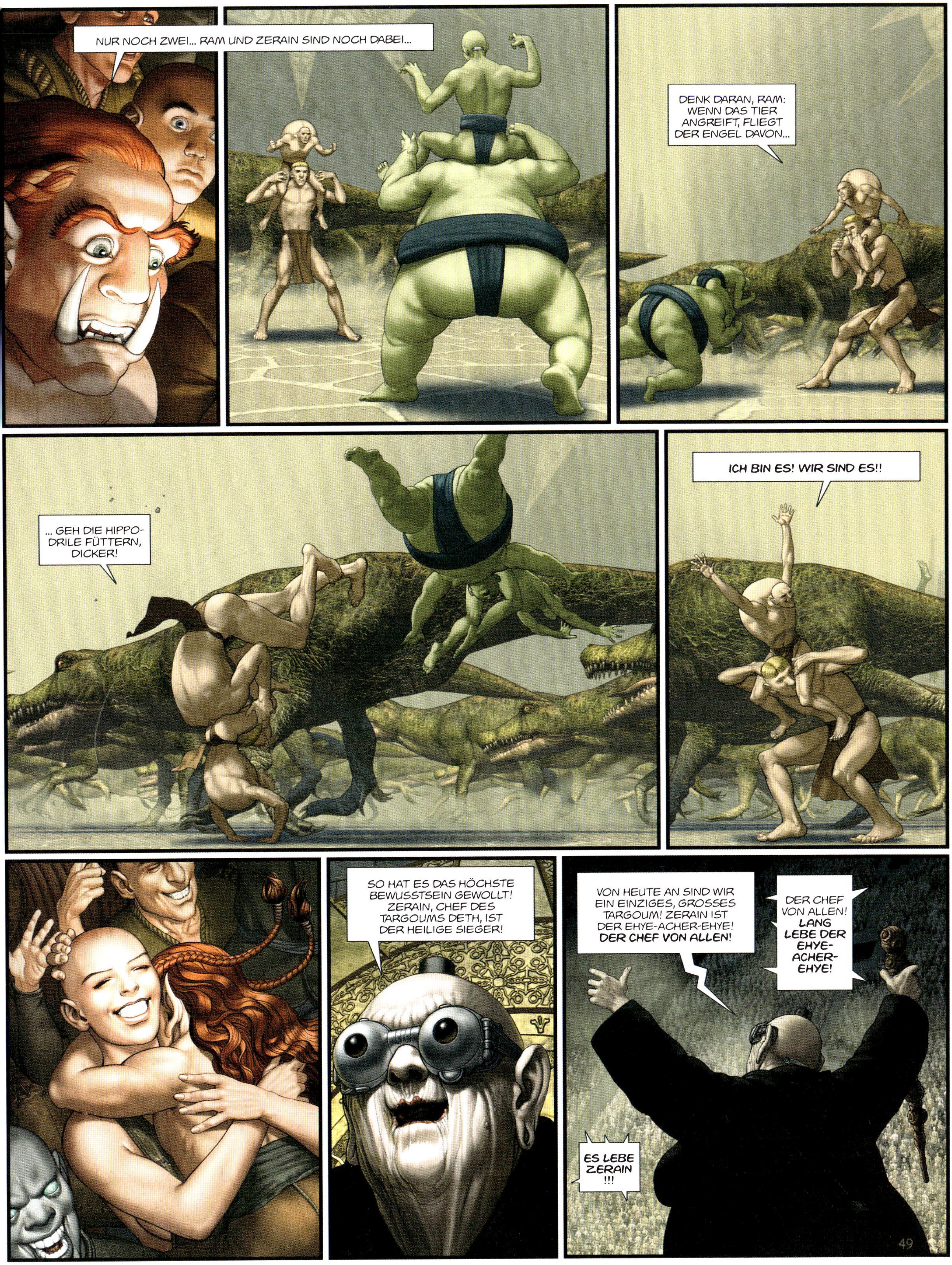
NUR NOCH ZWEI... RAM UND ZERAIN SIND NOCH DABEI...
DENK DARAN, RAM: WENN DAS TIER ANGREIFT, FLIEGT DER ENGEL DAVON...
... GEH DIE HIPPO-DRILE FÜTTERN, DICKER!
ICH BIN ES! WIR SIND ES!!
SO HAT ES DAS HÖCHSTE BEWUSSTSEIN GEWOLLT! ZERAIN, CHEF DES TARGOUMS DETH, IST DER HEILIGE SIEGER!
VON HEUTE AN SIND WIR EIN EINZIGES, GROSSES TARGOUM! ZERAIN IST DER EHYE-ACHER-EHYE! DER CHEF VON ALLEN!
DER CHEF VON ALLEN! LANG LEBE DER EHYE-ACHER-EHYE!
ES LEBE ZERAIN !!!
49

EHYE-ACHER-EHYE!
EHYE-ACHER-EHYE!
EHYE-ACHER-EHYE!
ES IST SO WEIT...
ICH HOFFE, WIR HABEN UNS NICHT GEIRRT...
IHR HABT GETAN, WAS IHR KONNTET, MEISTER! MAN KANN DEM GEWISSEN HELFEN, DIE ANWENDUNG SEINER GESETZE ZU VOLLENDEN, ABER MAN KANN KEINE NEUEN SCHAFFEN... FREIHEIT HEISST GEHORCHEN!
STILL, HAZA... DAS IST WIRKLICH NICHT DER MOMENT ZU PHILOSOPHIEREN... **JETZT ODER NIE...** IST ES NICHT SO, CHADDAY?
ICH WEISS...
... ALSO...
... IST ES **JETZT!**
50

IST DER TAG GEKOMMEN?
IST DER TAG GEKOMMEN?
IST DIES DER TAG DER ENDGÜLTIGEN OFFENBARUNG?
MEIN SOHN, DARAUF HABE ICH DICH DEIN LEBEN LANG VORBEREITET... ICH HABE DICH AUS DEM MÜLL GEZERRT, UND NUN BIST DU KÖNIG... DOCH WIR MÜSSEN NOCH VIEL WEITER SEHEN... DIE SCHLACHT HAT NOCH NICHT BEGONNEN! SCHÖPFE AUS DIR DIE KRAFT, UNS DAS FINALE ZEICHEN ZU GEBEN!
DAS FINALE ZEICHEN! DAS FINALE ZEICHEN!
DAS FINALE ZEICHEN? WAS IST ES?
KONZENTRIERE DICH, ZERAIN...
AAAAARRH...
SEHT! SEIN BUCKEL! OH...
51

ER LEUCHTET...
AAARGH!
ER ÖFFNET SICH...
DIE OFFENBARUNG ERFÄHRT IHRE BESTÄTIGUNG! **EHYE-ACHER-EHYE!**
EIN WUNDER!
GEPRIESEN SEI DAS HÖCHSTE BEWUSSTSEIN: **DIES IST DAS FINALE ZEICHEN!**

ICH BIN EHYE-ACHER-EHYE! UND DIES IST MEIN ERSTER BEFEHL: MÖGE DER KRIEG GEGEN MEGALEX BEGINNEN!
CALAM WIRD ZERSTÖRT!
DER KRIEG!
CALAM WIRD ZERSTÖRT!
TOD DER KÖNI-GIN MAREA!
TÖTET MAREA!
UND VOR ALLEM: TOD DER HINTERLIST IN PERSON, NIEDER MIT PRINZESSIN KAVATAH! MÖGE DAS HÖCHSTE BEWUSSTSEIN IHR EINE EWIGE STRAFE AUFERLEGEN...
NIEDER MIT KAVATAH!
ES LEBE ZERAIN!
RAM!
DANKE... UNENDLICHEN DANK! ICH HABE NUR NOCH DEN WUNSCH, MIT DIR GEMEINSAM ZU STERBEN...
ICH WEISS NICHT, MEINE ADAMA, OB ICH MICH UM DER SACHE WILLEN GUT GESCHLAGEN HABE, ODER UM DEINE BEWUNDERUNG ZU ERRINGEN...
53

WIR WERDEN SIEGEN! MEGALEX WIRD UNS GEHÖREN!